Chiunque tu sia, ar...
questo piccolo libro ...
Ciò che andrai a legg...
una storia piena di mistero, vuoi .... *tatu*
riflettere sulla possibilità di guardare alla realtà
che ci circonda con occhi diversi!
Non tenerlo solo per te!
Fallo dunque conoscere ad altre persone, donalo a
tua volta, condividilo, prestalo!

Grazie!

GIANLUCA VINCENZO LISERRA

LA MUSICA
DI
ÏLMATAL

GIANLUCA VINCENZO LISERRA

Dello stesso autore:
Le Fiabe di Edelëas

ISBN 979-83-875-38-51-3

Prima edizione aprile 2023
Edizione riveduta maggio 2023
Reggio Calabria (RC)

A Giuliano Fazzari,
per l'amicizia, il sostegno
e le lunghe chiacchierate
che mi hanno fatto balenare
l'idea della Musica di Ïlmatal.

INTRODUZIONE

La scrittura è divenuta per me una sfolgorante torcia infuocata: una sorta di mezzo prometeico attraverso cui, in primo luogo, esploro instancabilmente me stesso e, successivamente, il mondo che mi circonda e la sua natura più intima.

Mi spinge ad indossare i panni del viandante, mentre essa si riveste del sembiante del viaggio; un viaggio che non so minimamente dove mi condurrà, ma che attraversa terre immaginarie che superano i concetti di tempo e di spazio.

Lande a volte piene di sole, erba e speranza, altre volte ammantate dalle tenebre della notte, deserte e dense di disperazione.

Che siano le prime o le seconde, tali lande mi spingono a ricercare risposte a domande esistenziali in cui s'imbattono i miei personaggi nel corso delle loro vicende; le stesse identiche domande che attanagliano l'umanità sin dalla notte dei tempi.

Eppure (lo confesso apertamente) questo modo d'intendere la scrittura non mi è sempre appartenuto, ed esso è frutto di una lunga, faticosa e travagliata evoluzione della mia persona.

Infatti quando a diciassette anni gettai le basi del mio personalissimo mondo immaginario, lo concepii solo come un semplice contenitore per le mie storie: un classico mondo fantasy con le sue peculiari creature, privo però di qualsiasi riferimento religioso, di spiritualità, di misticismo, di qualunque rimando filosofico; scevro soprattutto da qualunque tipo di dio o dea e con la magia usata pochissimo.

Stavo attraversando un periodo di forte crisi esistenziale (cosa a mio avviso più che naturale e forse necessaria a quell'età), rigettando tutti gli insegnamenti religiosi che ricevetti da bambino e, per via dei miei studi in ingegneria subito dopo la scuola, cominciai a professarmi ateo convinto.

Per cui non volevo che la mia creazione potesse esser fatta risalire ad una matrice cristiana, shintoista, buddhista, induista, taoista, musulmana, ebrea o neopagana.

Avevo intenzione di creare un qualcosa di assolutamente aconfessionale e, al contempo, totalmente ateo come lo ero io.

Così, senza che me ne rendessi conto, detti vita ad un mondo fantasy materialista e fortemente nichilista, con lo scopo di far rispecchiare in esso qualunque persona, a prescindere dal suo credo o dalla sua confessione religiosa.

Nondimeno questo mio intento, qualche anno dopo la prima stesura di quella che sarebbe dovuta diventare una trilogia (e che è nelle mie intenzioni trasformare in una saga), mutò radicalmente, e di essa non rimane se non un'eco sbiadita nei miei attuali scritti.

Tutto questo, quasi sicuramente, non sarebbe potuto avvenire se non avessi vissuto a circa vent'anni due *incontri*, chiamiamoli pure, casuali.

Il primo è stato con un libro: il *Silmarillion* di J.R.R. Tolkien, che ha fatto nascere in me il desiderio di creare una mia mitologia di fondo per Edelëas, che però non fosse riconducibile a nessuna religione esistente.

Il secondo è stato con un inconsueto Testimone di Geova, il quale mi ha spinto a riflettere sulla natura allegorica della Bibbia, e sulla possibilità che le leggi fisiche siano state scritte da Dio per fare dell'Universo il posto che è attualmente.

Così, con quest'ultima pulce nell'orecchio, cominciando a riflettere sulla natura extradimensionale di quello che noi chiamiamo comunemente Dio, iniziò il mio lento e per nulla facile percorso di progressivo allontanamento dalla visione nichilista e positivista del mondo che, conseguentemente, mi spinse a modificare il mio universo fantasy.

Intrapresi pertanto lo studio delle varie religioni e dei miti antichi delle popolazioni del bacino del Mediterraneo, del Vicino Oriente Antico e del Nord Europa.

Cominciai anche a leggere il Pentateuco da una vecchia versione valdese della Bibbia dalla copertina turchese, la quale un tempo era appartenuta al mio nonno materno che, pur essendo cattolico, non disdegnava affatto il confronto con altre confessioni cristiane ben prima che papa Giovanni XXIII indicesse il Concilio Vaticano II nel 1961.

Tralasciando le numerosissime domande che mi vennero in mente sfogliando il testo biblico (all'epoca non avevo gli strumenti che posseggo oggigiorno), la cosa che mi saltò immediatamente all'occhio, leggendo la versione valdese, fu l'utilizzo del vocabolo *Eterno* in luogo di Dio o Signore.

Incuriosito da ciò, cominciai a studiare i diversi termini con i quali era indicato Dio nelle varie religioni, finanche la sua etimologia ed i nomi ch'esso possedeva nelle tradizioni ebraiche ed islamiche.

Era mio proposito infatti coniare un nuovo nome per Dio; un nome ch'era mia intenzione utilizzare all'interno del mio mondo immaginario per indicare quello che appellavo semplicemente come *Signore del Creato* (il termine dio decisi che sarebbe stato un concetto estraneo ai popoli di Edelëas).

Iniziai dunque a stilare diverse alternative, appuntandole ora su un taccuino, ora su un vecchio quaderno dismesso, ora su un documento word.

I risultati, però, non mi soddisfacevano affatto, poiché non li ritenevo foneticamente musicali od armoniosi.

Alla fine, abbozzando un rudimentale vocabolario, che in seguito avrebbe costituito la base della mia lingua inventata (il *Fèrathon*), scrissi il termine *Eàhteril*, il quale suonava alle mie orecchie antico e ieratico.

Decisi quindi che questo sarebbe stato il nome con cui tutte le razze di Edelëas avrebbero chiamato il Signore del Creato, il quale avrebbe tratto la sua origine etimologica da un'altra parola fèrathon che in seguito inventai appositamente: *eàhter*, a cui detti il significato di *eterno* (riprendendo per l'appunto il vocabolo adoperato nella Bibbia valdese per indicare Dio).

Devo sottolineare al mio lettore che il nome Eàhteril, però, non indica nella mia mitologia solo la qualità eterna del Signore del Creato, ma racchiude in sé i concetti di origine (*ahtèril*), movimento (*èahtad*), potenza (*fenèhtil*), atto (*eahtàol*) e, non per ultimo, *complementarietà*.

Secondo le regole che ho dato al Fèrathon, i

nomi che terminano per *al, el* ed *il* sono tutti nomi femminili; tuttavia Eàhteril l'ho sempre declinato al maschile.

Questa mia primitiva abitudine, in seguito ad un'attenta riflessione, mi ha spinto a concepire Eàhteril non più come il dio maschile delle religioni monoteiste (anche se nella Bibbia si può rintracciare un aspetto femminile di Dio), né tantomeno come la Grande Madre, dea femminile del paganesimo, quanto piuttosto come una sorta di entità extradimensionale fatta di pura energia, racchiudente armonicamente in sé le caratteristiche del maschile e del femminile.

Quindi, più che un dio come lo si potrebbe concepire nell'immaginario collettivo, Eàhteril è un Ente Supremo neutro, complementare di per sé stesso (un po' come il *Tutto* di Eraclito), esterno all'Universo ed a quest'ultimo preesistente.

Trovato dunque il nome per il Signore del

Creato, cominciai a comporre un testo cosmogonico; in principio in rima e successivamente in prosa.

Tuttavia, man mano che andavo avanti con la stesura di quello che doveva diventare una sorta di poema (centrale per l'humus culturale e folkloristico di Edelëas), realizzai mio malgrado ch'esso stava prendendo una piega un po' troppo '*religiosa*'.

Pertanto, abbandonando quella prima stesura, ricominciai tutto da capo.

Ciò accadde per ben quattro volte, fino a quando non decisi d'inserire alcune nozioni scientifiche nel poema (prima fra tutte la teoria del Big Bang), scritte però sotto una veste esoterico-simbolica, in modo che potessero avere un vago sapore mitologico.

Infatti la genesi della mia cosmogonia, com'è attualmente, è stata fortemente influenzata dal mio interesse verso le scienze astronomiche ed il bizzarro mondo dei quanti.

Interessandomi alla famosa *Teoria delle Stringhe*, dopo aver letto e riletto diversi articoli e visto parecchi documentari sull'argomento, durante una delle mie consuete conversazioni con Giuliano Fazzari (carissimo amico a cui dedico questo libretto), realizzai l'idea che le vibrazioni delle stringhe fossero simili alle note musicali, e che quindi nell'intero Universo risuonasse (seppur inudibile per le orecchie umane) un'incessante sinfonia cosmica.

Tale sinfonia, che io chiamo semplicemente Musica, presi ad immaginarla come la diretta responsabile dell'emersione dal Vuoto delle particelle elementari, le quali danno origine agli atomi e quindi a tutto ciò che noi percepiamo come materia.

Questa mia intuizione trova riscontro anche nella più recente ed ancora poco nota *Teoria Quantistica dei Campi*, dove le particelle subatomiche vengono viste non tanto come biglie piccolissime (come ci viene insegnato a scuola o come viene solitamente illustrato nei manuali divulgativi), quanto piuttosto come punti di vibrazione nei campi che permeano ogni angolo dello spazio-tempo.

Comunque, ad onor del vero, mi preme sottolineare al mio lettore che, oltre alla fisica quantistica, anche molte tradizioni spirituali hanno parlato della vibrazione e del suono quale causa ed origine dell'esistenza.

Per gli Antichi Egizi l'Universo nacque dalla *Parola* del dio primordiale *Ptah* (concetto questo che ipotizzo sia passato dai sacerdoti di Menfi agli Ebrei e quindi ai Cristiani), per i Greci dal *Logos*, mentre per gli Induisti dalla sillaba *Om*.

Tali concetti, armonizzati con la mia intuizione, li ritenevo così rivoluzionari per la mia persona e la comprensione del Creato che decisi di inserire la Musica quale elemento fondamentale della mia cosmogonia, e dunque feci prendere ad Edelëas una strada più, diciamo pure, spirituale.

Per onestà intellettuale debbo ammettere che già Tolkien, nel sopracitato *Silmarillion*, pose quale origine di *Arda* (il suo mondo immaginario) la Musica, che lui chiamò in *Quenya* (la sua lingua inventata) *Ainulindalë*.

Ciononostante vi è una sostanziale differenza tra il mio pensiero e quello del professore di Oxford: se per Tolkien gli *Ainur*[1] creano Arda dal Nulla mediante il loro canto che è anche Musica (e dal tema proposto loro da *Eru Iluvatar*[2] che poi darà concretezza alla loro composizione), nella mia cosmogonia la Musica non crea nessuna cosa dal Nulla, e non è associata

---

[1] *Ainur:* Le intelligenze angeliche dell'Universo di Tolkien.

[2] *Eru Iluvatar:* con tale nome, nella mitologia di Tolkien, viene ad essere identificato l'Uno, l'Ente Supremo assimilabile a Dio.

ad alcuna voce (per quanto trascendente possa essere), ma solo alla frequenza di vibrazione di una silente ed armonica melodia ordinatrice e condensatrice.

Prendendo infatti in causa Einstein, il quale asseriva che la materia non è altro che una forma condensata di energia, ho così pensato che la Musica si limitasse piuttosto (mediante proprio alla suddetta vibrazione) a condensare quella che ho denominato in lingua fèrathon *Ardìl* (la sostanza originaria dell'Universo di cui si andrà a leggere nel racconto seguente), e che associo a quella che in ambito scientifico viene chiamata *Energia del Punto Zero* o *Energia del Vuoto*.

Dato dunque che la Musica condensa l'*Ardìl* per permettere la formazione della materia (alla stessa stregua in cui una madre da forma al suo bambino per mezzo del suo utero), quale figura migliore se non una femminile le avrei potuto associare?

Nella mia cosmogonia avevo già introdotto una figura simile, una delle Tre Grandi Intelligenze metafisiche (che io chiamo in lingua fèrathon *Vheliam*) create da Eàhteril prima dello scorrere del tempo e del dispiegare dello spazio.

Tale figura era Ïlmatal, il cui nome (modificato solo nella consonante finale per adattarlo alle regole della mia lingua inventata) riprendo dal poema finlandese *Kalevala*.

Essendo colei che viene generata prima di ogni altro ente trascendente da Eàhteril, riceve da questi gran parte di quella che ho battezzato *Antica Sapienza* (una sorta di gnosi divina).

Per questo motivo decisi di rendere Ïlmatal simile alla figura della Sapienza, di cui si può leggere nel libro biblico dei Proverbi.

Proprio come per la Sapienza di Dio che è presente alla creazione del Mondo quale artefice e ordinatrice, Ïlmatal partecipa attivamente della realizzazione di *Vahèm*[3], assumendo di fatto il ruolo di Demiurgo femminile.

La storia che si andrà a leggere nel resto di questo piccolo libricino (di cui una diversa e più breve versione trova posto tra le pagine della terza edizione de *Le Fiabe di Edelëas*) è frutto quindi di questo mio lento, e non sempre lineare, percorso di evoluzione e riflessione personale; di questo sposalizio tra filosofia e fisica quantistica, tra teologia e scienza, tra spiritualità, simbolo e consapevolezza.

Lungi dal voler essere un testo rivelativo di misteri arcani, che possano apparire ai più quasi esoterici, *La Musica di Ïlmatal* (la cui seconda parte è più una sorta di dialogo platonico che un racconto vero e proprio) vuole solo dare al lettore dei piccolissimi spunti di riflessione,

---

[3] *Vahèm*: Termine fèrathon per indicare l'Universo e tutto ciò ch'esso contiene. Traducibile anche come Creato.

in modo che questi possa meditare sulla possibilità che la divisione non esista, e che vi sia qualcosa di sottile ed intangibile che lega inscindibilmente ogni ente all'interno dell'Universo.

Inoltre, dato che nel testo si andranno a riprendere concetti del mio corpus mitologico e folkloristico, ho pensato bene di aggiungere alla fine di quest'opera un'appendice con i luoghi ed i personaggi di Edelëas che verranno menzionati nelle pagine successive.

LA PRONUNCIA

La nota qui presente è intesa a chiarire alcuni elementi circa la pronuncia dei nomi che compariranno nel racconto a seguire.

Essi hanno origine dal Fèrathon (la lingua degli Stregoni Bianchi), per cui vi sono diverse distinzioni rispetto all'italiano.

Per la maggior parte delle combinazioni di lettere, il Fèrathon si pronuncia così come viene scritto, esattamente come per l'Italiano.

Tuttavia per alcune combinazioni vi è una differente pronuncia che viene riportata qui di seguito:

ËA   Si pronuncia ÈA.
        Per esempio: Edelëas si pronuncia Edelèas.

CY   Si pronuncia CHI.
Per esempio: Cynràd si pronuncia Chinràd.

Ë   Si pronuncia come una E accentata.

G   Si pronuncia come GH.
Per esempio: Tintagel si pronuncia Tintaghel.

H   Preceduta da una vocale si pronuncia aspirata come in inglese. Preceduta e seguita da una stessa vocale, la h e la vocale che segue non si pronunciano.
Per esempio: Vahamar si pronuncia Vamar.

HT   Si pronuncia come una T mettendo la lingua tra i denti.

Ï   Si pronuncia come una I accentata.
    Per esempio: Ïlmatal si pronuncia Ìl-
    matal.

OU Si pronuncia U.

TH Si pronuncia come una D.
    Per esempio: Fèrathim si pronuncia
    Fèradim.

Y   Si pronuncia come una I.

La Musica
di
Ïlmatal

PRIMA PARTE

CAPITOLO I

Correva l'anno 3017, secondo il calcolo del calendario fèrathon, e nella città di Afènaril (che sorge ancor oggi all'interno dei monti del Cerchio di Èverdil) viveva un giovane esponente della razza degli Uomini di nome Dàrnet, figlio di Èlukan.

Questi era un bardo dal bell'aspetto e dalla voce profonda ed assai gradevole d'ascoltare, esperto conoscitore delle saghe e delle tradizioni antiche del suo popolo e di molte altre lontane contrade di Edelëas.

Era solito intrattenere le persone nelle piazze con il suo vecchio e logoro liuto, raccontando loro le storie antiche più epiche e straordinarie.

Talvolta capitava che ne inventasse di nuove, riempiendole spesso di misteri ed oscuri orrori senza forma provenienti dalla glaciale contrada settentrionale di Ùzuthur; ivi ove la tradizione vuole che, al nadir sotto le acque nere del gelido lago di Godùgr, sia incatenato il Vheliam caduto Mòlokor.

Molte delle sue narrazioni inventate erano incentrate sulla corruzione, sull'ipocrita retorica dei potenti, sulla loro vigliaccheria quando dovevano affrontare il frutto dei loro errori, e sulla loro bieca voglia di dominare gli altri per mezzo delle bugie e delle fandonie pronunciate dai loro servili e viscidi oratori.

Forse per via del suo coraggio o per l'enfasi appassionata che metteva, i suoi racconti riscuotevano sempre grandi successi, tanto da diventar famosi per tutto il territorio di Afènaril e dintorni; infatti erano davvero in molti quelli che aspettavano con ansia i giorni di festa per poterli ascoltare.

Durante una rigida notte di novembre, mentre stava camminando tutto solo lungo le strade desolate della parte più interna ed elevata della città, Dàrnet cominciò a percepire qualcosa di strano nell'aria.

Era come se il freddo fosse divenuto improvvisamente più pungente (tanto da penetrargli con forza nelle ossa), l'oscurità cominciasse ad infittirsi, ed ogni suono che giungesse alle sue orecchie non fosse altro che un'eco ovattata e distante.

Pensò dunque che stesse per avere un mancamento, eppure (a parte il cuore che cominciò a battergli forte nel petto per l'apprensione) non accusava alcun tipo di malessere; anzi fisicamente si sentiva bene.

Poi, alzando lo sguardo al cielo, realizzò che la luna piena, che risplendette incontrastata fino ad un attimo prima, stava venendo velocemente eclissata da una densa coltre di nuvole nere proveniente da nord.

Turbato per quell'atmosfera che gli ricordava una delle sue tante storie dell'orrore, ed avendo

sentore (seppur infondato) di essere seguito da
qualcuno che si celava nell'oscurità, Dàrnet
cominciò a guardarsi intorno con fare insoffe-
rente.

Tuttavia nell'ampia piazza che stava in quel
momento attraversando non v'era anima viva,
se non un paio di poveri ubriachi che (avvolti
nelle loro pesanti e sudice mantelle) stavano
sdraiati su due delle tante panchine in pietra
che presero come improvvisato giaciglio.

Nondimeno l'insofferenza si trasformò ben
presto in panico, tanto da fargli provare un in-
tenso e mai provato prima batticuore.

Temendo inoltre che le nubi potessero scari-
care una consistente quantità di pioggia da un
momento all'altro sulla sua testa, iniziò ad ac-
celerare il passo.

Senza dimostrare alcuna incertezza, imboccò
un'isolata via dritta che s'apriva davanti a sé,
contornata a destra da un alto portico appena
illuminato da qualche torcia, le cui fiamme

guizzavano violentemente per via delle folate di vento.

Mentre la percorreva, circondato dall'oscurità che l'ammantava completamente, vide in lontananza due uomini che, sotto la fioca aureola di una lanterna dondolante e cigolante, stavano confabulando tra loro in maniera alquanto esagitata.

Socchiudendo gli occhi ed arricciando il naso, incuriosito dal loro modo di fare che sembrava rasentare la congiura, s'infilò sotto al portico e cominciò a camminare in punta di piedi per non far rumore.

Stando ben accorto di nascondersi accuratamente nel buio, s'acquattò contro una delle colonne vicino ai due sospetti congiuranti e, tendendo l'orecchio, ascoltò i loro discorsi.

"No!" esclamò con forza uno dei due, un tipo smilzo e pallido in volto, dalla barba brizzolata e corta, gli occhi infossati e le scarne ed affusolate mani tremanti. "Ti ho detto che non metterò mai piede a Tànier, e non dovresti farlo nemmeno tu: è troppo pericoloso! Troppo vicino all'Inoth-Ènifond! Rònthar, che ho incontrato due sere fa al *Rifugio dell'Orso*, mi ha raccontato che, durante l'ultima sua consegna di vettovaglie ad Aram-Arastàs, i Fèrathim si son dimostrati alquanto nervosi... se non addirittura preoccupati! Hanno parlato di una sorta di eggregora nera strisciante per il Gliadùhaz. Inoltre pare abbiano rafforzato la loro sorveglianza su Ùzuthur, ed abbiano altresì spostato l'attenzione delle loro vedette verso i ruderi abbandonati di Arnoutùl."

"Basta!" tuonò l'altro, un tipo tarchiato dai capelli rossi e scompigliati, fendendo l'aria con un movimento lesto del braccio. "Non nominare la Torre Maledetta durante la notte! È infausto pronunciare il suo nome; già ho i miei guai, e non voglio che me ne arrivino altri!"

"Se hai così tanta paura solo del nome della Torre a Gradoni e di ciò che questo può attirare su di noi, dovresti anche aver paura di quello che sta uscendo fuori dalle contrade di Ùzuthur!" disse l'uomo smunto. "I Fèrathim non sono affatto tranquilli! Ti ripeto: benché tentino di nasconderlo, sono parecchio preoccupati! Pare che abbiano mandato numerosi cercatori ad aggirarsi per le montagne in questi giorni, a caccia di qualcosa o qualcuno!"

"Chi o cosa stiano cercando gli Stregoni Bianchi non è affare che mi riguardi!" replicò lapidario l'uomo tarchiato. "Se non hai abbastanza fegato da accompagnarmi a Tànier, pazienza: troverò qualcun altro! Non posso perdere l'occasione di..."

"Ssst!" sibilò all'improvviso l'altro, mettendosi d'istinto un dito davanti alle labbra. "Sento dei passi avvicinarsi! Sta arrivando qualcuno!"

Ancora celato nell'ombra, Dàrnet scivolò furtivamente lungo la superficie della colonna senza far rumore, in modo che chiunque stesse sopraggiungendo non potesse intravederlo.

"Ehi!" strillò un uomo dalla voce profonda e roca. "Che ci fate voi due da queste parti?!" domandò subito dopo e, sollevando una piccola lampada ad olio che reggeva nella mano sinistra, con un cipiglio in viso s'accostò ai due tipi sospetti.

Quelli lo riconobbero immediatamente per un membro della gendarmeria cittadina e, con voce tremante, il tipo smilzo rispose: "Nulla, Gàrthyn! Stavamo tornando a casa dopo una bevuta all'osteria!"

"Accelerate il passo allora!" replicò imperiosamente il gendarme. "Non vi siete accorti dei lampi, e non sentite i tuoni? Coraggio! Muovetevi se non volete che la pioggia vi sorprenda!"

Quelli, senza replicare né tantomeno salutare, superarono Gàrthyn con un balzo e, con fare celere, s'incamminarono lungo la via, venendo poco dopo fagocitati dal buio che li nascose completamente agli occhi del gendarme.

Mentre questi con fare calmo e canticchiando

superava la colonna dietro la quale stava ancora acquattato Dàrnet, ecco che fini gocce d'acqua fredda cominciarono a scrosciar giù dal cielo.

CAPITOLO II

Una volta certo che fosse rimasto da solo, e che quindi nessuno potesse notarlo, Dàrnet venne fuori dal suo nascondiglio e, uscito dal portico sulla strada, fece per incamminarsi rapidamente verso casa.

Ma la pioggia si trasformò ben presto in un violento acquazzone, e siccome la sua abitazione era dall'altra parte di Afènaril, avvolgendosi nel suo mantello e sistemandosi il cappuccio sulla testa, decise di trovare riparo alla vicina locanda della *Stella d'Argento*.

Ivi, tra il chiacchiericcio spensierato dei numerosi avventori, le risate sguaiate e qualche strofa di canzone tremendamente stonata, dopo aver fatto sgocciolare gran parte dell'acqua che aveva addosso sull'uscio della porta, Dàrnet s'avvicinò ad un piccolo tavolo posto vicino al grande caminetto acceso.

Toltosi di dosso il mantello e messolo dispiegato sulla spalliera di una sedia vicino al fuoco per asciugarlo, dopo essersi seduto con fare stremato ed aver goduto per qualche istante del calore delle fiamme, con un cenno della mano attirò l'attenzione di un giovane cameriere, al quale ordinò un bel bicchiere di vino rosso.

Mentre aspettava che gli venisse portata la sua ordinazione, Dàrnet cominciò a guardarsi intorno, fino a quando non gli cadde lo sguardo su un vecchio forestiero tutto solo (che non aveva mai visto prima tra le vie di Afènaril) curvo con la schiena ed intento a consumare la sua scarna ciotola di lenticchie fumanti.

Questi aveva lunghi capelli scompigliati che gli cadevano sulle spalle, la barba cespugliosa e grigia, le sopracciglia folte, un naso adunco alquanto pronunciato e molte rughe che gli incorniciavano gli occhi castani luminosi ed arzilli.

Le vesti che aveva indosso erano di pesante panno grigio-verde, molto simile al colore delle cortecce delle betulle, e recavano chiare tracce di un lungo ed impervio viaggio.

Accanto a lui, appoggiato contro l'orlo del tavolo, si trovava un lungo e ben levigato bordone da pellegrino su cui erano incise diverse rune fèrathon:

'Dev'essere sicuramente un Fèrathim!' pensò Dàrnet tra sé e sé. *'Che sia uno dei cercatori di cui hanno parlato quei due tizi ambigui?'.*

Così, curioso di sapere se la sua ipotesi fosse

corretta o meno, s'alzò dal tavolo ove sedeva e s'accostò a quello dell'anziano straniero.

Quindi, dopo essersi schiarito la gola con un colpetto di tosse, esordì dicendo: "È la prima volta che vi vedo da queste parti, messere!"

L'altro, alzando lo sguardo e fissando negli occhi Dàrnet, replicò con fare tranquillo: "Non mi stupisce affatto, dato ch'è la prima volta che vengo da queste parti di Edelëas!"

"Non ho potuto fare a meno di notare il vostro bastone, e le rune fèrathon incise sopra. Siete uno Stregone del Fèradgard, non è così?"

Il vecchio posò il cucchiaio col quale stava mangiando e, dopo aver tirato su col naso ed aver squadrato Dàrnet dalla testa ai piedi, annuì e rispose: "Sì! Lo sono!" poi, posandosi una mano sul cuore, soggiunse cordialmente: "Mèrivot di Tintagel!"

"Dàrnet, figlio di Èlukan, oriundo di questa città!" replicò il bardo con un sorriso sulle labbra ed imitando nei gesti lo Stregone. "Posso sedere con voi e farvi compagnia?"

"Sedete pure!" rispose Mèrivot contraccambiando il sorriso ed allungando una mano aperta a palmo per indicare la sedia vuota dall'altra parte del tavolo. "Gli incontri casuali al desco di una locanda sono sempre ben sperati, poiché sono spesso fonti di preziose informazioni per un forestiero!"

Mentre Dàrnet prendeva posto dirimpetto allo Stregone, il cameriere (avendo notato il suo spostamento) gli pose sotto il naso la sua ordinazione.

Quindi il bardo, dopo aver sorseggiato un po' di vino, fissò il Fèrathim dritto negli occhi e disse: "Di solito gli stranieri vengono ad Afènaril in estate; non riceviamo molte visite in inverno. Cosa vi porta qui da noi in questo triste periodo dell'anno?"

Mèrivot, facendo una smorfia con le labbra e dopo aver fatto spallucce, rispose: "Affari, e diverse ricerche che possiamo definire... uhm!..

come dire... personali!"

"Vi posso chiedere di che tipo di ricerche si tratta?"

"Oh!, ma certo che potete chiedere!" replicò Mèrivot aggrottando la fronte e mal celando uno scaltro sorrisetto. "Tuttavia sono molto attaccato ai miei segreti, ed io non son certo tenuto a darvi una risposta!"

Dàrnet, in un primo momento, rimase spiazzato da come lo Stregone gli aveva replicato.

Quindi, dopo essersi ripreso, rise di gusto e, incassando il colpo, confessò: "Ammetto che non vi è nulla di più stuzzicante per me di un buon mistero (e in queste ore ne sto ascoltando di diversi)... e so che *lì dove c'è uno Stregone intento a cercare, un arcano segreto è lì da svelare!*"

"Arcani segreti?! Rivelazioni?!" esclamò Mèrivot accigliandosi e mantenendo il suo sorriso, dando l'impressione di non aver ben compreso ciò a cui l'altro intendeva alludere.

Allora Dàrnet, alzando in alto il suo bicchiere, replicò: "Brindo alla vostra fine ed intelligente sagacia... ed alla vostra salute, ovviamente! Benvenuto ad Afènaril dalle Nove Torri, mastro Fèrathim!"

Lo Stregone, dopo essersi schiarito la gola con un colpetto di tosse, afferrò il suo bicchiere e, imitando i gesti del bardo, replicò a sua volta: "Vi ringrazio per la vostra cortese accoglienza, Dàrnet figlio di Èlukan... alla vostra!"

CAPITOLO III

Nei giorni seguenti l'atmosfera ad Afènaril cominciò ad incupirsi sempre più, tanto che molte persone iniziarono a percepire qualcosa di minaccioso vibrare con prepotenza nell'aria.

Stormi di uccelli neri e grossi pipistrelli (rarissimi da vedere in inverno) presero a volteggiare in alto nel cielo, e molti furono coloro che li presero come un infausto presagio di sventura.

Parecchi mezzadri, di ritorno dai poderi la sera, cominciarono a raccontar strane storie circa bizzarri avvistamenti di esseri informi che, aggirandosi presso i pendii delle montagne settentrionali, comparivano con una certa frequenza poco dopo il calar del sole.

A tali storie s'aggiunsero anche quelle dei mercanti che facevano la spola da Afènaril a Nàhur, e che riportavano della presenza lungo la via maestra di diversi branchi di lupi grigi e neri, i quali (usciti dai boschi sui monti) s'aggiravano per la valle in cerca d'incaute prede con le quali saziare la loro vorace ed orrenda fame.

Mentre questi racconti circolavano per le taverne e venivano ingigantite ogni qualvolta passavano di bocca in bocca, Mèrivot cominciò a frequentare Dàrnet con una certa assiduità.

Con questi prese a passeggiare lungo le vie della città come fosse un ritrovato vecchio amico da tempo perduto.

Inoltre bardo e Stregone presero ad incontrarsi quasi ogni sera presso la sala comune della *Stella d'Argento*, commentando sovente le storie che i mezzadri portavano con loro.

Di tanto in tanto, quando l'allegria e la spensieratezza alleggerivano la tensione e l'ansia che incupivano l'aria, s'univano ai cori degli altri avventori che, in quelle fredde sere d'inverno, intonavano tipiche canzoni d'osteria dopo aver alzato troppo il gomito ed esser divenuti terribilmente brilli.

Una sera, mentre la pioggia picchiettava contro i vetri delle finestre, seduti al loro consueto tavolo accanto al caminetto (le cui fiamme gettavano marcate e tremolanti ombre su tutto), dopo aver bevuto insieme qualche bicchiere di vino rosso per scaldarsi le membra intirizzite, lo Stregone cominciò ad interrogare il bardo su Afènaril, la sua storia e le sue tradizioni, con particolare interesse circa la sua parte più vecchia, le sue Nove Torri e le sue porte più antiche.

Dàrnet, rizzandosi con la schiena e gonfiando orgogliosamente il petto, cominciò a mostrare tutta la sua erudizione.

Con voce leggermente biascicante (aveva infatti esagerato parecchio col vino) spiegò a Mèrivot che ogni porta di Afènaril era stata costruita con del legno di quercia proveniente (col permesso della regina delle Fate) dal bosco dell'Ìnohtels, al di là dell'Argentirivo, e che poi era stata rinforzata con delle spesse lastre di bronzo.

"Molte delle porte più antiche le si può riconoscere immediatamente!" disse. "Sono quasi tutte nella terza cerchia (la zona elevata della città per intenderci), e sono decorate con splendidi bassorilievi cesellati da mani esperte con figure di foglie, rami, alberi e stelle!"

"Ho compreso!" esclamò laconico lo Stregone e, ostentando una certa indifferenza, s'avvicinò alle labbra il bicchiere da cui bevve lentamente un lungo sorso di vino.

Non riuscendo a capire se avesse saziato o meno la curiosità del suo compagno di tavolo, Dàrnet prese la decisione di saziare la sua di curiosità.

Da sempre affascinato dalla cultura dei Fèrathim, ritenendosi oramai in confidenza, cominciò a chiedere a Mèrivot del suo popolo, delle sue usanze, della sua lingua, della magia, e dei segreti delle rune della sua gente e la loro esatta pronuncia.

Aveva appreso molto degli abitanti del Fèradgard leggendo dei vecchi manoscritti conservati nella biblioteca cittadina, ma le informazione ch'era riuscito a consultare erano alquanto scarne e frammentarie e, talvolta, anche parecchio discordanti.

Poter interrogare un Fèrathim in carne ed ossa, era un'occasione che non voleva lasciarsi sfuggire per nessuna ragione al mondo.

Tuttavia, benché il tono della sua voce e la luce dei suoi occhi rivelassero solo una genuina e sincera curiosità (scevra da qualsivoglia e malintenzionato secondo fine), Mèrivot glissò su parecchi argomenti, e cercò di centellinare attentamente qualsiasi informazione fosse disposto a rivelare, dandone davvero molto poche o addirittura di vaghe.

Dell'anima di Dàrnet non conosceva pratica-
mente nulla, ed ignorava cosa veramente muo-
vesse l'intimo più profondo del suo cuore, né
era a conoscenza di quanto splendente fosse la
Luce del suo spirito.

Già tempo addietro aveva svelato alcuni misteri della Musica di Ïlmatal ad uno stolto ed
ignobile esponente della razza degli Uomini, il
quale fece per condurre l'intero Continente di
Edelëas sull'orlo del caos.

Non voleva dunque ripetere una seconda volta l'errore commesso.

*'Meglio eccellere in prudenza, che errare di
ingenuità!'* pensò quella sera tra sé e sé lo Stregone.

CAPITOLO IV

Qualche settimana più tardi, dopo aver ricevuto una lettera speditagli da un suo congiunto che abitava presso la città di Ilion-Èogar in Draxnor, Mèrivot prese l'abitudine d'andare e venire da Afènaril con una certa assiduità.

Quasi sempre compiva brevi viaggi che duravano mezza giornata, e di rado si tratteneva lontano per più di quattro giorni.

Spesso si recava ad est, alloggiando a Nàhur o sostando presso il villaggio montano di Iànual.

Da qui s'inerpicava su per i sentieri montani più impervi e desolati, esplorando gli anfratti più remoti delle Alpi Èrtuen e giungendo in cima a picchi innevati su cui nessun Incarnato aveva mai messo piede prima.

Ciò che lo spingeva ad esplorare tali territori (a detta sua beninteso) era la semplice curiosità.

Asseriva che mai in vita sua s'era recato così tanto ad est di Edelëas, e per questo voleva conoscere e vedere con i suoi occhi le meraviglie che si celavano sulle cime sperdute della più lunga catena montuosa del Continente.

Sosteneva di sperare di raggiungere la vetta più alta in modo che, spaziando con lo sguardo, potesse scorgere le Terre Sconosciute del Levante e ciò ch'esse contenevano.

Ogni volta che tornava ad Afènaril ripeteva spesso (più del necessario) tali suoi intenti, e Dàrnet (rammentando i discorsi che aveva origliato diversi mesi addietro) cominciò a sospettare che ciò che lo Stregone raccontava con insistenza non fosse altro che una semplice e puerile scusa, e che il suo vero intento e lo scopo dei suoi misteriosi viaggi fossero in realtà ben altri.

Nonostante ciò, ben consapevole che Mèrivot mai gli avrebbe svelato i suoi veri intendimenti, si morse la lingua e s'impose (con estrema fatica) di non domandar nulla.

Chiese piuttosto allo Stregone se le storie dei mezzadri e dei mercanti fossero vere, e se nei suoi pellegrinaggi si fosse imbattuto in qualche branco di lupi o in qualche essere informe.

"No!" rispose laconico Mèrivot scuotendo la testa, e poi aggiunse: "Non ho mai incappato né in un lupo, né in una creatura informe di Ùzuthur. Ritengo ad oggi di poter formulare due ipotesi: o tali esseri stanno alla larga non appena scorgono un Fèrathim sul loro cammino, oppure le storie che abbiamo udito nelle settimane scorse non erano altro che tentativi da parte dei mezzadri e dei mercanti di avere un po' di attenzione su di loro."

Dàrnet annuì con la testa, senza però commentare le conclusioni a cui lo Stregone era arrivato. Si limitò piuttosto ad afferrare il suo bicchiere e, dopo esserselo portato alle labbra e fissando il vuoto davanti a sé, sorseggiare lentamente e pensieroso un po' di vino.

Nondimeno il desiderio di sapere cosa spingesse il Fèrathim sulle montagne diventava sempre più forte ogni giorno che passava, e un dì (alla notizia dell'ennesimo pellegrinaggio a Iànual), afferrando al volo l'occasione, Dàrnet si propose quale compagno di viaggio di Mèrivot.

"Anch'io debbo recarmi a Iànual per andare a trovare un vecchio amico!" mentì il bardo cercando di sembrar convincente.

Il vecchio Fèrathim, aggrottando la fronte e dimostrandosi chiaramente colto alla sprovvista, non seppe in un primo momento come replicare.

Non desiderava affatto che Dàrnet l'accompagnasse, poiché aveva il timore che questi avrebbe potuto ficcanasare nei suoi affari.

Malgrado ciò, iniziò a temere che, se avesse rifiutato l'offerta, avrebbe di sicuro dato la scusante al bardo di partorire nuove supposizioni circa le sue attività. Queste, quasi sicuramente, ne avrebbero amplificato la curiosità e, con molta probabilità, l'avrebbero spinto a seguirlo di nascosto.

Pertanto, sorridendo e considerando l'idea di rimandare le sue ricerche ad un momento più opportuno (sperando che così facendo potesse disperdere definitivamente qualsiasi sospetto circa la sua persona), Mèrivot disse: "Sarà un vero piacere poter condividere il cammino con qualcuno e conversare con questi lungo la via. Accetto ben volentieri la tua offerta, mio buon Dàrnet! Se per te non è un problema, partiremo domani mattina poco prima dell'alba!"

"Nessun problema!" replicò laconico il bardo con un abbozzo di sorriso sulle labbra. "Come si dice da queste parti: *prima ci s'incammina, prima s'arriva!*"

"Bene!" esclamò Mèrivot. "Se possiedi una spada portala con te! Come ti dissi l'altro ieri, non mi sono imbattuto in nessun lupo o demone informe di Ùzuthur, ma di questi tempi i passi di montagna sono percorsi da bande di Orchi, Goblin e loschi briganti umani, e non è raro incrociare la strada di qualche Troll o Tha-lùn vagabondo!"

Dàrnet, con il cuore che cominciò a battergli forte nel petto per la paura, annuì con la testa, cercando al contempo di convincersi che quello che gli aveva appena detto lo Stregone non fosse altro che un modo subdolo per tentare di dissuaderlo dall'accompagnarlo.

CAPITOLO V

Il giorno successivo il cielo era completamente terso e sgombero da nuvole, ma il freddo era così pungente che penetrava in profondità nelle ossa, condensando il fiato in piccole nuvolette bianche davanti alla bocca e al naso.

Pestando i piedi gelati nel tentativo di far circolare il sangue, Dàrnet (avvolto nel suo mantello più pesante e con una vecchia spada che gli pendeva dal fianco sinistro) uscì di casa e si diresse verso la *Stella d'Argento*.

Qui ad attenderlo presso l'uscio dell'entrata v'era Mèrivot, con in testa un cappello a punta grigio-verde dalla larga falda, un logoro mantello di panno dello stesso colore intorno alle spalle ed il suo bastone ben stretto nella mano destra. Lungo il fianco sinistro gli pendeva una spada dalla lunga elsa nera, mentre a tracolla portava un tascapane di pelle d'agnello.

Sorridendo, lo Stregone s'avvicinò a grandi falcate al bardo; quest'ultimo, curvo con la schiena, piegato su sé stesso e con le braccia incrociate sul petto per tentare di non disperdere calore, lo salutò cordialmente.

I due viaggiatori lasciarono Afènaril attraversando le porte che s'aprivano sulle mura orientali e, ai primi rintocchi delle campane che presero a segnalare l'alba, si diressero incontro alle montagne ad est, imboccando il sentiero in direzione di Iànual.

Lasciata la valle alle loro spalle, e man mano che salivano d'altitudine, le prime tracce di neve iniziarono a comparire lungo i bordi della carreggiata, mentre i rami degli alberi sovrastanti le loro teste divennero sempre più spogli e l'aria prese ad essere sempre più rigida e tagliente.

Durante il cammino, i due pellegrini presero a conversare in maniera spensierata tra loro: iniziarono col parlare del più e del meno e di sterili frivolezze, fino a spostare la conversazione su argomenti ben più profondi ed elevati, che ai più (se l'avessero potuti ascoltare) sarebbero apparsi sicuramente come delle inutili ed alquanto improduttive perdite di tempo.

SECONDA PARTE

CAPITOLO I

Non era ancora mezzogiorno, quand'ecco che Stregone e bardo raggiunsero un'ampia radura ricoperta dalla neve donde, spaziando con lo sguardo, si potevano ammirare l'intera valle circondante Afènaril, le montagne settentrionali del Cerchio di Èverdil e, lungi al di là di queste, la cuspide della perlacea Aram-Arastàs e gli alti ed imponenti speroni rocciosi ed innevati della regione di Ùzuthur.

Nel mentre l'attraversavano con passo lento e rilassato, Dàrnet pose al Fèrathim moltissime domande sui più disparati argomenti, concentrandosi particolarmente su ciò che v'è oltre l'Universo, la realtà di Vingolf (la dimensione trascendente in cui ritornano le anime degli Incarnati dopo la morte del corpo fisico) e sul Signore del Creato Eàhteril.

Piacevolmente colpito da questo, e ritenendo che non svelasse nulla di pericoloso saziando la curiosità del suo compagno di viaggio, Mèrivot, con fare solenne, esordì dicendo: "Sono davvero pochi coloro che tra la razza degli Uomini s'interrogano su ciò che esiste oltre i confini dell'Universo. Ritengo che ciò sia dovuto al fatto che i più della vostra razza pensino che qualunque risposta venga loro data non abbia di fatto alcuna importanza, e non aggiunga nulla di utile alla vita di tutti i giorni. Eppure, se di tanto in tanto v'interrogaste su tali argomenti, forse voi Uomini v'elevereste ad un punto tale da emulare perfino noi Fèrathim, e le vostre esistenze sarebbero meno faticose, tirate e pesanti, e le vostre società ne trarrebbero di certo beneficio..." zittitosi per un istante, dopo aver aggrottato la fronte ed essersi rabbuiato in viso, continuò con una certa mestizia che gli calò sul cuore: "Ma, ahimè!, la vostra maledetta concretezza, unita all'avidità e alla vanagloria che vi spinge a competere (se non addirittura a prevaricare subdolamente e talvolta con violenza gli uni sugli altri), vi porta quasi sempre a guardare la realtà con il viso rivolto verso il basso. *Considerate solo le ghiande cadute per terra e non i rami della quercia*, come diciamo noi Fèrathim. V'impedite d'osservare le stelle con gli stessi occhi d'un bambino. Non riuscite più a scorgere la bellezza e l'Armonia della natura, e a percepire l'infinita vastità dell'Universo, il quale a sua volta è solo una sorta di minuscola biglia (più piccola del più piccolo granello di polvere) se visto dagli occhi dell'Ente Supremo!"

"Dunque veramente Eàhteril è oltre i confini di Vahèm?" chiese Dàrnet a conferma di ciò che aveva potuto afferrare dal discorso dello Stregone.

"In parte sì, in parte no!" replicò il Fèrathim con fare enigmatico, inclinando la testa prima da un lato e poi dall'altro.

Vedendo tuttavia la confusione nello sguardo del suo interlocutore, dopo essere scoppiato a ridere fragorosamente, Mèrivot s'affrettò subito a dire: "Rammenterai senz'altro (dato ch'è di tua competenza conoscere le saghe antiche) il mito della creazione di Vahèm che viene riportato nel *Il Tema della Creazione* di Àstoreth di Hèrleon!"

"Ovviamente!" rimbeccò Dàrnet sentendosi leggermente punto nell'orgoglio. Quindi, per dar prova della sua profonda conoscenza, cominciò a spiegare: "Dopo che Eàhteril creò i tre Vheliam (e dopo di questi gli innumerevoli Èonam), Ïlmatal si diresse verso i bordi dell'Eterna Dimora insieme ai suoi due fratelli Balther ed Alastàr (colui che poi verrà conosciuto come Mòlokor), e lì contemplò il Nulla. Sconvolta, la grande Vheliam tornò di corsa da Eàhteril e gli confessò che, nel contemplare quell'immensa distesa di freddo ed inesistenza, si sentì abissalmente triste! Allora il Signore del

Creato, alzatosi dal suo trono, si recò ai confini di Vingolf in compagnia di Ïlmatal. Ivi, sotto gli occhi degli Èonam, di Bàlther, Alastàr e della stessa Ïlmatal, Eàhteril si squarciò il petto all'altezza del cuore, raccolse un po' del suo lucente sangue nella conca delle sue mani e lo gettò nel Nulla, ed esso cominciò ad espandersi in ogni dove più rapido della folgore nella tempesta. Poi Ïlmatal, alla quale Eàhteril consegnò *Ewefrahtès* (l'Arpa Splendente), con la sua musica fece vibrare il sangue lucente che prese così a coagularsi, creando le stelle, i pianeti, le acque, le rocce, le piante, i corpi degl'Incarnati e tutto ciò che ha esistenza al di qua dei confini dell'Universo..."

"Bene!" esclamò all'improvviso lo Stregone con un sorriso sulle labbra, interrompendo il resoconto di Dàrnet. "Questo è ciò che Àstoreth scrisse nel suo poema, e che quasi tutti gli Incarnati conoscono! Tuttavia, come riporta lui stesso nel prologo, Àstoreth fu suo malgrado costretto ad usare un linguaggio mortale e materiale (che oserei dire essere decisamente limitante) per descrivere le cose che stanno al di là dei confini di Vahèm; del resto non avrebbe potuto fare altrimenti, poiché la nostra mente non è in grado di cogliere la vera essenza di ciò che sta oltre il terminale dell'Universo! Bisogna quindi rammentare che Eàhteril non ha veramente squarciato il suo petto (poiché Ei non ha un petto), e non ha veramente gettato il suo lucente sangue nel Nulla (poiché Ei non ha sangue). Questi sono solo simboli che non vanno intesi alla lettera, ma opportunamente compresi e decifrati. Se li s'interpretasse alla lettera, non vi sarebbe alcuna consapevolezza, e si rischierebbe solo di credere in delle infantili, seppur stilisticamente belle fiabe... o di etichettarli come sciocchezze prive di logica e ragione, ritenendoli di conseguenza indegni di qualsiasi riflessione e studio!"

Dàrnet assentì con la testa e mugugnò per far

intendere d'esser d'accordo con ciò che aveva appena detto lo Stregone.

"Dunque, mio buon compagno di viaggio," riprese Mèrivot, "quello che sto per illustrarti è un mistero che pochi Uomini hanno avuto il privilegio di ascoltare, e su cui ancor meno hanno avuto la saggezza di riflettere! Prestami dunque particolare attenzione, ed apri bene la tua giovane mente!"

CAPITOLO II

Rallentando leggermente il passo, e schiarendosi la gola divenuta secca per via del freddo con un colpetto di tosse, Mèrivot proseguì il suo discorso dicendo: "Come ricorda Àstoreth nel *Il Tema della Creazione,* dobbiamo rammentarci che Eàhteril è innanzitutto: *Luce pensante ed immateriale, priva di qualsivoglia forma che nessun occhio mortale può vedere!* So che è una definizione lunga ed abbastanza ingarbugliata, ma ciò è ben importante tenerlo a mente! Molti sapienti ipotizzano che tale definizione indichi l'essenza stessa di Eàhteril, e cosa effettivamente Ei sia! Dico *ipotizzano* perché nessuno sa (e forse nessuno lo saprà mai in questa realtà) cosa sia esattamente Eàhteril. Ora, come viene narrato nel mito, ancor prima che esistessero il tempo e lo spazio..."

Capitolo II

"Ecco una cosa che non ho mai compreso!" interruppe Dàrnet con una marcata espressione di confusione sul volto. "Com'è possibile che il tempo e lo spazio non siano esistiti prima dell'inizio dell'Universo? Cioè... il tempo è tempo, e lo spazio... insomma lo spazio è spazio! Non possono non essere esistiti prima della creazione di Vahèm! Sono sempre stati sin dall'eternità!"

"Lo pensi veramente?" domandò pazientemente Mèrivot arricciando le labbra ed aggrottando le folte sopracciglia.

"Certo!"

"Allora dimmi, mio buon bardo: che cos'è spazio... e che cos'è tempo?"

"Beh!" cominciò a tartagliare Dàrnet, realizzando solo in quel momento di non saper ben spiegare cosa fossero spazio e tempo. "Lo spazio è... uhm!, spazio... insomma... il tempo... beh!, è tempo! L'ho appena detto... insomma non so come definirli!"

Rosso in viso per l'agitazione e l'imbarazzo che stava provando in quel momento, sbuffò vistosamente e, sentendosi come un piccolo scolaretto che non aveva prontezza di come dover rispondere ad un'interrogazione del suo insegnante, mordendosi le labbra con fare nervoso concluse: "È difficile spiegare cosa siano lo spazio e il tempo!"

Lo Stregone, con gli occhi luminosi e sorridendo con affetto, dopo avergli posato una mano sulla spalla replicò: "Mio giovane amico, spesso la maggior parte delle persone non si sofferma a dare una spiegazione alle cose di cui fa quotidianamente esperienza (poiché le dà per scontate); per questo fatica non poco a dar loro una definizione! Eppure devi sapere che, dietro le cose più scontate e banali, esistono segreti così profondi che ribalterebbero la nostra comprensione del Mondo e dell'intero Vahèm, se solo le si sondasse! Ora Dàrnet, per rispondere alle domande che t'ho rivolto prima: lo spazio non è altro che la dimensione che separa gli *enti* (e ricorda che per enti s'intendono tutte le cose che hanno esistenza all'interno del Creato); il tempo, invece, è la dimensione che separa gli *eventi* che si svolgono nel Creato! Spazio e tempo sono compagni inseparabili, e lì dove vi è l'uno vi è anche l'altro... e lì dove manca l'uno, manca anche l'altro. Ora tu pensi che lo spazio e il tempo siano sempre esistiti perché sperimenti la materialità dell'Universo, ma al di fuori dei suoi confini v'è una realtà in cui lo spazio e il tempo non esistono affatto; ed è in quest'ultima realtà (quella che noi qui in Edelëas chiamiamo Vingolf), in cui non esiste alcun tipo di materia e forma, che tutto ebbe inizio (se si può parlar d'inizio)! Ora non interrompermi e ascolta!"

CAPITOLO III

"Dunque!" esclamò Mèrivot. "Ancor prima che il tempo iniziasse il suo corso, l'Ente Supremo che noi tutti qui in Edelëas chiamiamo Eàhteril, di sua iniziativa, si distaccò di una piccolissima parte di sé: una scheggia, che nel mito viene simboleggiata dal sangue lucente. Noi Fèrathim indichiamo questa piccolissima parte di Eàhteril con il termine Ardìl. Come giustamente hai ricordato riassumendo *Il Tema della Creazione*, il Signore del Creato ha gettato questa sua piccolissima parte nel Nulla, ed essa (espandendosi per un attimo più veloce del baleno) riempì parte del Nulla. Ora nell'Ardìl non esisteva ancora alcuna forma, come le nostre menti d'Incarnati possono concepirle! Tutto era informe e..."

"Scusami se t'interrompo per la seconda volta!" esclamò il bardo. "Ma per me è strano pensare che possa esistere un qualcosa che non posfegga proprio alcuna forma! Mi puoi fare un esempio, così ch'io possa comprendere meglio ciò che intendi dire?!"

"È presto detto!" bissò pazientemente Mèrivot, come se s'aspettasse che prima o poi gli venisse rivolta quella domanda. "Pensa all'acqua! Essa ha una sua vera e propria forma?"

Dàrnet scosse la testa e, senza mostrare alcuna esitazione, rispose: "Come m'insegnarono quand'ero bambino: l'acqua assume la forma del recipiente che la contiene!"

"Corretto!" replicò lo Stregone. "E già stai parlando di qualcosa che puoi vedere ed afferrare... o meglio, parzialmente toccare (poiché l'acqua non la puoi afferrare: ti sguscerebbe via dalle dita)! Ora pensa all'Ardìl di cui Eàhteril s'è distaccato come un grande... anzi no!, come un immenso, sconfinato e placido mare dove non esiste alcuna forma: tutto è acqua... una sorta di acqua sfavillante, abbagliante, luminosa!"

Mèrivot s'ammutolì, e di colpo arrestò il suo camminare. S'appoggiò con entrambe le mani al suo bastone e fissò i suoi occhi sul bardo, il quale (sentendosi leggermente a disagio) gli restituì uno sguardo confuso. Quindi formulò a quest'ultimo un invito con voce gentile e sommessa: "Chiudi gli occhi, e sforzati d'immaginare quel mare nella tua mente!"

Piantandosi fermamente davanti allo Stregone, Dàrnet (un po' titubante) chiuse gli occhi e cercò d'immaginarsi un immenso mare senza confini, risplendente di una luce dorata come quella del sole.

"Lo stai immaginando?" incalzò il Fèrathim.

"Sì!" rispose laconico ed annuendo con la testa il bardo.

"Ecco! Adesso immagina che la calma e la tranquillità di quel mare vengano improvvisamente meno: la superficie luminosa comincia

pian piano a vibrare, fino ad incresparsi di onde iridescenti... decine, centinaia, migliaia di
onde; alcune di esse si scontrano, si danno bat-
taglia ed alla fine scompaiono, altre invece si
uniscono... si fondono e diventano più alte e
forti!"

"Le sto immaginando!" disse Dàrnet con un
leggero sorriso che gl'increspava le labbra.

"Bene! Adesso immagina che le onde diven-
tino numerosissime: centinaia, migliaia, milioni,
miliardi... decine di miliardi, centinaia di miliardi, migliaia di miliardi, milioni di miliardi...
e così via!"

Mantenendo sempre i suoi occhi ben serrati,
Dàrnet esclamò: "È... è una scena da capogiro!
Sto immaginando il mare lucente come se fosse
in ebollizione; come un'immensa pentola piena
d'acqua messa sul fuoco!"

"Eccellente!" esclamò sommessamente Mèrivot. "Adesso immagina di tuffarti in quel mare
in ebollizione: osserva ciò che sta accadendo in

superficie, ed immagina che la stessa cosa stia avvenendo anche al di sotto di essa... in ogni strato di quel vasto mare, in ogni suo più remoto angolo!"

Così, suggestionato dallo Stregone, il bardo visualizzò sé stesso scivolare lentamente nel mare, fino ad immergersi completamente con tutta la testa.

Davanti a sé, immense onde sfavillanti e cangianti in colore, sferiche come bolle di sapone, s'espandevano in ogni direzione.

Cercò dunque di contarle, ma gli fu impossibile, poiché le onde erano in numero di gran lunga superiore a quello delle stelle che in genere si possono ammirare durante una limpida notte estiva.

Nel mentre stava contemplando quel caotico ed al contempo affascinante spettacolo, Mèrivot riprese a parlare mantenendo il tono di voce sommesso: "Adesso immagina che ogni onda che vedi sia una vibrazione... un suono... una nota... e che tutte quante insieme generino una musica armoniosa; la più armoniosa che tu abbia mai potuto udire o sognare!"

Calò un momento di silenzio, interrotto poco dopo dallo stesso Stregone che chiese: "La stai udendo?"

Dàrnet (che nel frattempo aveva cominciato ad immaginarsi una melodia tintinnante ed armoniosa tutta in levare), con le labbra increspate da un leggero sorriso, e il respiro lento e rilassato, rispose: "Sì! La sto udendo!"

"Bene! Adesso immagina che quella musica cominci a generare dei pezzi di ghiaccio lucente, ma il loro splendore è di molto inferiore rispetto al resto del mare!"

"Lo vedo!"

"Ed ora immagina che quei pezzi di ghiaccio si uniscano, si fondano e creino forme, e mentre lo fanno la loro luminosità continua a diminuire... Lo stai immaginando?"

"Sì!"

"Ecco! Quello che stai visualizzando con gli occhi dell'immaginazione è quello che succede ancor oggi in tutto il Creato sin dal suo principio. La melodia che hai immaginato con la mente è uguale alla Musica di Ïlmatal, il suono silenzioso che dà origine ad ogni ente dell'Universo! Per mezzo dell'Armonia che aveva nel cuore la Grande Vheliam, parti dell'Ardìl cominciarono a condensarsi; come fa l'aria che prima diventa nuvola (come sta succedendo ai nostri fiati in questo momento), poi acqua e poi ghiaccio. L'Ardìl condensata, celando (non perdendo) la sua lucentezza primitiva, ha poi dato origine a piccolissimi ed invisibili mattoncini (i pezzi di ghiaccio che prima ti dissi d'immaginare), che unendosi insieme hanno cominciato a loro volta ad originare ogni cosa che esiste. Dal più piccolo granello di polvere, alla più luminosa e grande delle stelle, esiste grazie alla vibrazione della Musica di Ïlmatal, la quale condensa incessantemente parte dell'Ar-

dìl di Eàhteril! Io, te ed i nostri simili, la terra
che calpestiamo, il sole, la luna e gli altri pianeti, le stelle, l'erba a valle e la neve che ci circonda in questo momento, i monti intorno a noi, la
sporcizia sotto le nostre scarpe ed i nostri stessi
abiti, gli alberi nei boschi e gli uccelli nei cieli, i
pesci nei mari ed i mostri negli abissi, gli Elfi e
le Fate, gli Gnomi ed i Giganti, i Pietrosi, i
Mykalfar, i Lidringhi e perfino (e qui sicuramente ti stupirai di ciò che sto per dire) gli Orchi, i Goblin, i Thalùn ed i Troll... tutti condi-
vidiamo in ultima analisi l'Ardìl di Eàhteril!
Siamo dunque fratelli e sorelle di tutte le cose
che esistono al di qua dei confini del Creato,
manifestazioni di un'unica sostanza universale
e, al contempo, immersi in essa (anche se non
possiamo vederla con i nostri occhi mortali).
Infatti, se ben ci pensi Dàrnet: *l'Ardìl è in tutto,
ed al contempo tutto è Ardìl.* Ciò che ci diffe-
renzia gli uni dagli altri sono le note che risuo-
nano dentro di noi, e che danno forma alla ma-

teria di cui siamo fatti! Noi siamo come dei pezzi di ghiaccio immersi in uno sconfinato mare. Il ghiaccio non è altro che acqua condensata (acqua solida), giusto?!, e se il ghiaccio si sciogliesse tornerebbe ad essere acqua liquida, e si mescolerebbe di conseguenza con il resto del mare senza cessare d'esistere, ma perdendo unicamente la sua precedente forma."

L'Uomo aprì gli occhi e cominciò a posarli su ogni cosa che in quel momento gli appariva davanti. Improvvisamente prese a guardare il mondo con uno sguardo diverso, e si sentì parte di un tutto che mai aveva ponderato prima di quel momento.

Poi, rivolgendosi al Fèrathim, disse con una nuova consapevolezza che gli penetrò nel profondo del cuore e della mente: "Se la Musica di Ïlmatal solidifica e dà forma all'Ardìl di Eàhteril (ed ogni cosa che esiste è fatta d'Ardìl) chi conosce i segreti della Musica può compiere magie... può creare e fare ciò che vuole! Controllare le tempeste e le maree, far apparire pagnotte di pane e cesti stracolmi di pesci, curare malattie, trasformare le foglie degli alberi in uccelli, e i fili d'erba in monete d'oro, dar vita alle statue di marmo ed altre cose ancora!"

Mèrivot ebbe un tuffo al cuore e cominciò a tremare; temette che le sue parole avessero svelato più cose di quante avrebbero dovuto fare.

CAPITOLO IV

Lo Stregone fissò nel profondo degli occhi Dàrnet e, nel tentativo di sviarne le intuizioni, fece per parlare, ma l'altro, dardeggiando lo sguardo con fare pensieroso, lo precedette e disse più a sé stesso che a lui: "Ma i segreti della Musica potrebbero essere usati anche per compiere malefici, distruggere e manipolare, rendere sterili intere terre e flagellarne le popolazioni. Far risorgere i corpi privi di anima dei morti per crearne degli eserciti inarrestabili, dominare i demoni, piegare gli altri alla propria volontà fino a ridurli in schiavitù... fino a far diventare l'utilizzatore un dispotico sovrano di tutto..."

"Esatto!" esclamò subito Mèrivot. "Chi possedesse tale conoscenza, se avesse un cuore colmo di Armonia ed Amore, diventerebbe un *argomante*! Metterebbe quindi il suo potere al servizio degli altri, e sarebbe simile ad un Fèra-thim! Egli saprebbe che le cose del Mondo devono rimanere così come sono, senza alcuna alterazione, altrimenti si rischierebbe di distruggerne l'Equilibrio... e ciò che potrebbe derivarne sarebbe orrendamente disastroso. Chi invece avesse un cuore pieno di Disarmonia, voglia di dominio e Indifferenza verso tutto ciò che lo circonda, diventerebbe un *negromante*, ed userebbe il suo potere per controllare e tiranneggiare... e sarebbe simile a un Ùlthur, e la sua anima verrebbe sottomessa al volere dell'Avversario!"

"Sai, Mèrivot," disse Dàrnet abbassando lo sguardo, "per un momento, quando ho realizzato ciò che mi hai illustrato sulla Musica di Ïlmatal, ho avuto la grandissima tentazione di chiederti d'istruirmi e di farmi conoscere i suoi segreti, con la voglia di diventare un argomante per avere il potere di far del bene verso il mio prossimo. Tuttavia..." tacque un attimo e, per qualche secondo, indugiò prima di scrollare le spalle, sospirare pesantemente e continuare: "Molti asseriscono che *la Via Oscura è pavimentata di buoni propositi...* ed io non sono certo di essere abbastanza saggio è forte per non cedere alla tentazione d'imboccarla..." alzò lo sguardo, e dopo aver indugiato ancora per qualche secondo (fissando il Fèrathim dritto negli occhi) soggiunse con un certo disagio nel tono di voce: "Ti debbo confessare una cosa: non è affatto vero che dovevo recarmi a Iànual per trovare un amico; era solo una scusa falsa per poterti accompagnare! Ero curioso di sapere quali erano le ragioni delle tue misteriose ricerche e lo scopo dei tuoi numerosi viaggi... mi dispiace di averti ingannato! Ora è il caso che ritorni ad Afènaril, e che non intralci ulteriormente il tuo lavoro."

Lo Stregone rimase muto per qualche secondo. Poi, piegando le labbra in un caldo e gentile sorriso, disse: "Affermi di non essere abbastanza saggio per non abusare delle conoscenze della Musica, ma credo di poter affermare che in realtà tu sia più saggio di molti altri che ho conosciuto lungo il mio cammino e che si son interessati dell'argomento. Poiché temi l'uso cattivo della conoscenza, e la perigliosa seduzione che ne deriva, penso che tu sia in realtà pronto per esplorarla ed afferrarla! Se in una piccola parte del tuo cuore sei ancora tentato di sapere dunque, io posso iniziarti ai misteri della Musica di Ïlmatal, e darti gli strumenti necessari per camminare sulla via della saggezza e dell'etica, in modo da poter diventare un grande (seppur umile) argomante."

"Grazie!" replicò Dàrnet con un sorriso di soddisfazione sulle labbra. Poi però, scuotendo la testa, soggiunse: "Mi piacerebbe, ma non mi tentare! Non ho mai avuto il coraggio di avventurarmi tra i meandri del mio labirinto interiore, né mi sono mai confrontato veramente con l'oscurità e i Draghi che vi si annidano! Ho timore che, una volta venuto a conoscenza di quel potere, potrei sviare dai buoni propositi e diventare un opportunista tirannico e perdermi. Preferisco di no! Già mi hai donato una lezione dal valore inestimabile, e mai più guarderò il mondo con gli stessi occhi di prima... Ci rivedremo alla *Stella d'Argento* al tuo ritorno, mio buon amico! Fino ad allora, ti auguro di trovare il prima possibile ciò che stai cercando! Addio, e che Eàhteril ti benedica e ti guardi!"

Mèrivot fece per replicare, poiché voleva convincere Dàrnet ad andare con lui e non tornare ad Afènaril da solo.

Tuttavia qualcosa, lungi all'orizzonte, catturò la sua attenzione, tanto da fargli cambiare idea e sprofondar il cuore nell'angoscia.

Così, sbiancato in viso e senza perdersi in ulteriori indugi, esclamò concitato: "Discendi velocemente verso valle e giungici il prima possibile! Non perdere tempo e non sostare lungo la strada, e se vedi qualcosa di strano non indugiare per nessun motivo nel tentativo di capire cosa sia! Possa il tuo ritorno ad Afènaril essere rapido e sgombero da qualsiasi pericolo! Che Eàhteril ti benedica e ti guardi, mio buon Dàrnet!" finito di parlare, si mise una mano sul cuore ed inchinò il capo in avanti; quindi girò le spalle e s'allontanò rapidamente.

Dal canto suo il bardo, dopo aver lanciato uno sguardo lì dove l'aveva posto poco prima Mèrivot (non riuscendo però a scorgere alcunché di strano), con il cuore in gola per l'ansia che questi gli aveva trasmesso (e tenendo ben salda la mano sull'elsa della spada) tornò indietro e scese a rotta di collo verso Afènaril.

CAPITOLO V

Il tramonto era passato da poco, e se il cielo d'occidente era ancor sbiadito, quello d'oriente stava diventando sempre più plumbeo.

Le stelle cominciarono ad accendersi una dopo l'altra, e un vento pungente prese a soffiare gemendo dalle montagne di settentrione.

A circa un centinaio di passi da Afènaril, Dàrnet arrestò la sua camminata e si voltò indietro.

In quel torno di tempo, così vicino a casa e adesso che la notte stava avviluppando il mondo con la sua ombrosa cappa, non poté far a meno di domandarsi cosa avesse spaventato Mèrivot poco prima che si separassero, e dove la missione di questi l'avrebbe condotto e quali pericoli gli avrebbe posto lungo il cammino.

Chiudendo per un attimo gli occhi e sospirando profondamente, si lasciò accarezzare dal vento; sperava che, seppur freddo e tagliente come la lama di un pugnale ben molato, esso potesse portar via sulle sue ali l'inquietudine che aveva improvvisamente e ferocemente artigliato il suo cuore.

Così, restando immobile e cercando di respirare il più lentamente possibile, per un brevissimo lasso di tempo ebbe l'impressione di udire tutt'intorno a sé una remotissima ed armoniosa musica tutta in levare.

Aprì dunque le palpebre ed alzò gli occhi al cielo, e sospirando contemplò assorto il riverbero stellare.

Il cuore gli si era alleggerito come sperava e, meditando su ciò che aveva appreso quella mattina, si mise a sorridere, realizzando che con quei remoti ed antichissimi astri luminosi condivideva la stessa Ardìl.

Quindi gettò un ultimo sguardo al sentiero di

montagna donde era sceso, augurò nella sua mente a Mèrivot buona fortuna e, con passo lesto, tornò ad incamminarsi incontro ai cancelli di Afènaril.

Nel mentre s'avvicinava alla città, sopra le cime delle montagne settentrionali cominciarono a cadere con violenza tantissimi fulmini.

Lungi ad oriente presero a riecheggiare lugubri ululati di numerosi lupi, ed in cielo una densa coltre di nuvole (più nera del sangue di Orco) iniziò a fagocitare la luce lunare e siderale.

Rapida prese a dirigersi sinistra verso Iànual e... quella fu una notte di violenta tempesta!

APPENDICI

LUOGHI E PERSONAGGI

Alpi Èrtuen: Lunga catena montuosa che divide ad est il Continente di Edelëas dalle Terre Sconosciute del Levante.

Aram-Arastàs: Torre della Sorveglianza. Bastione fèrathon a guardia dei confini meridionali di Ùzuthur e dell'Inoth-Ènifond.

Argomante: Colui o colei che, non facendo parte della razza degli Fèrathim, ha una conoscenza (seppur limitata) della Musica. A differenza dei negromanti, gli argomanti usano la loro conoscenza per far del bene e per sanare i danni causati dai servi dell'Avversario.

Arnoutùl: Torre a Gradoni che sorge a nord della contrada di Ùzuthur. Un tempo palazzo di Èdurn il Furioso, primo Stregone Oscuro ed Emissario dell'Avversario che Edelëas conobbe.

Àstoreth: Figlio di Eliàth ed originario del villaggio di Hèrleon. Fu un antico e famoso scrittore e poeta degli Fèrathim. Viene ricordato da tutte le genti di Edelëas per essere l'autore de *Il Tema della Creazione*, poema nel quale viene riportata, per mezzo di un linguaggio immanente e simbolico, la creazione di Vahèm e le vicende che portarono allo scoppio della Lèsergat, la grande guerra che vide le razze libere combattere contro Èdurn il Furioso.

Avversario: vedi Mòlokor.

Bàlther: Detto anche il Luminoso. È uno dei tre Vheliam. Incarnatosi per esplorare Vahèm, in un primo momento non ha alcun interesse per le sue creature e decide di tornare nell'Eterna Dimora. Poco prima della sua dipartita, incontra Alfièl, donna degli Uomini, con la quale si congiunge. Dalla loro unione mortale nasceranno Edom e Wenàlf, capostipiti della razza elfica. Secondo la tradizione, sconfisse il fratello Alastàr e lo segregò sotto il lago di Godùgr, in Ùzuthur, quando questi cercò di contendere il potere ad Ïlmatal.

Draxnor: Detto anche Regno degli Uomini del

nord o Regno del Drago Rosso. Posto ad occidente del Continente, è il più importante e vasto reame di Edelëas.

Eàhteril: Detto anche Signore del Creato. È l'Essere Trascendente per eccellenza, causa ed origine del Creato, e quindi dell'esistenza stessa.

Fèradgard: Parola composta da *Fèrad* (Stella) e *Gard* (Terra). Letteralmente Terra delle Stelle. È il Regno degli Fèrathim, situato al centro-nord del Continente di Edelëas, la cui capitale è la città di Avhelon.

Fèrathim: Coloro che scesero dalle stelle. Sono la razza degli Stregoni del Continente di Edelëas, detti anche Stregoni Bianchi. Non usano la Magia che in rarissimi casi (solo per proteggere ed insegnare). Essi credono che influenzare il corso degli eventi, e piegare la Musica di Ïlmatal per i propri scopi, sia pericoloso e può portare a conseguenze disastrose per ogni cosa che esiste.

Fèrathon: Con tale termine generalmente si viene ad indicare l'idioma proprio degli Fèrathim. Tuttavia può assumere anche il significato di aggettivo riferito al popolo degli Stregoni Bianchi.

Fiamma della Vita: Conosciuta in fèrathon come *Ardalìm*. È la scintilla di Luce che proviene da Eàhteril e che è presente in ogni essere vivente. Può essere paragonata, con una certa approssimazione, all'anima della nostra tradizione.

Gliadùhaz: La Piana della Morte. Pianura desolata e priva di vegetazione a sud della contrada di Ùzuthur.

Godùgr: Oscuro e gelido lago posto al centro della contrada di Ùzuthur. Secondo la tradizione dei popoli di Edelëas, al di sotto del suo abisso vi sarebbe il Vheliam caduto Mòlokor, incatenato a tre grosse pietre dopo che fu sconfitto da Balther il Luminoso.

Ilion-Èogar: Dal fèrathon *Ilion* (Città) ed *Èogar* (Drago). Letteralmente Città del Drago. Capitale del Regno di Draxnor.

Ïlmatal: Detta la Grande. La più importante e massima tra i tre Vheliam. Secondo il Mito, per permettere l'esistenza del mondo materiale, fu incaricata dal Signore del Creato Eàhteril di suonare una melodia (la Musica) con cui dar forma all'*Ardìl*. Essa è considerata una sorta di Demiurgo femminile, detentrice di gran parte dell'Antica Sapienza, e per questo invidiata da suo fratello Alastàr.

Incarnati: Con tale termine vengono ad essere indicati tutti gli esseri viventi in cui alberga la Fiamma della Vita. Secondo la mitologia di Edelëas, ogni essere vivente è un'anima che, di sua spontanea volontà, ha deciso di fare esperienza del Creato.

Ìnohtels: Con tale termine si indica sia il Bosco delle Fate che il loro Regno.

Inoth-Ènifond: Bosco del Confine. Enorme foresta a ridosso del limitare meridionale di Ùzuthur.

Mòlokor: Conosciuto anticamente in lingua ancestrale come Mòlok-Kor (l'Ardente Caduto), e prima della sua sconfitta come Alastàr. È il Vheliam personificazione del Male assoluto, e che nel mito contese il potere a Ïlmatal. Sconfitto dal fratello Bàlther, fu catturato e imprigionato sotto il lago di Godùgr nella contrada di Ùzuthur.

Musica di Ïlmatal: Con tale locuzione s'indica il suono vibrante che dà forma all'Ardìl e che permette l'esistenza della materia. Essa è legata alla magia, che è la capacità di influenzare la Musica e quindi di creare o distruggere.

Negromante: Persona non appartenente alla razza degli Fèrathim che studia la Musica e cerca di influenzarla per un proprio tornaconto egoistico e mai altruistico.

Tànier: Piccolo villaggio umano a ridosso dei confini meridionali dell'Inoth-Ènifond.

Tintagel: Città fèrathon a nord di Edelëas, costruita ai piedi dei Monti Alti.

Ùlthur: Con tale termine si indicano gli Stregoni Oscuri. Un tempo Fèrathim, essi si sono rivolti al male, alla prevaricazione, alla manipolazione delle menti altrui e della Musica di Ïlmatal.

Ùzuthur: Chiamata anche con l'appellativo di Terra Innominata, Terra del Gelo o Terra delle Ombre per la sua assonanza con la parola fèrathon *Uzùr* (che significa ombra). Secondo la tradizione al suo nadir, sotto il lago di Godùgr posto al centro di Ùzuthur, venne segregato Mòlokor dopo che fu sconfitto da Bàlther.

Vahèm: Termine fèrathon traducibile come Creato, usato per indicare l'Universo e tutto ciò ch'esso contiene.

Vheliam: Le Tre Grandi Intelligenze metafisiche, detti anche i Messaggeri. Sono i primi tre esseri senzienti creati dalla mente di Eàhteril e suoi stessi figli. I loro nomi sono Ïlmatal la Grande, Bàlther il Luminoso ed Alastàr l'Altero. Nella gerarchia degli enti trascendenti, essi sono quelli più vicini al Signore del Creato.

Vingolf: Detto anche *Einhtòl* o Eterna Dimora. È il luogo trascendente per eccellenza e la dimensione immateriale che sta oltre i confini dell'Universo. Luogo d'origine e di ritorno delle Fiamme della Vita degli Incarnati, dimora di Eàhteril, dei Vheliam e degli Èonam.

GIANLUCA VINCENZO LISERRA

Nato a Reggio Calabria il 28 marzo del 1985, è uno scrittore mitopoietico fantasy, che si occupa di simbologia dall'età di 17 anni, quando getta le basi di ciò che sarebbe divenuto il Continente di Edelëas. Iscrittosi in un primo momento alla facoltà di ingegneria, una volta abbandonatala (dopo la morte del padre) intraprende gli studi in scienze religiose, conseguendo prima la Laurea Triennale con una tesi sulla simbologia del libro dell'Apocalisse e la relativa escatologia e, successivamente, la laurea magistrale discutendo una tesi incentrata sull'evoluzione del simbolo dalle culture antiche del mediterraneo fino all'arte paleocristiana.

INDICE

ANNOTAZIONI

ANNOTAZIONI

ANNOTAZIONI

LE FIABE DI EDELËAS
DI GIANLUCA VINCENZO LISERRA

III Edizione,
21x14 cm, 387 pag.

Esistono storie che, sebbene siano state inventate dalla fervida immaginazione del loro autore, ci insegnano qualcosa di concreto e tangibile. Gettando luce nei recessi più oscuri di noi stessi, esse ci spingono a riflettere sulla sofferenza e gli inganni della vita, sui problemi della nostra società, sulla nostra condizione di Anime Incarnate, sul nostro dovere verso l'ambiente che viviamo e sulla presenza di dimensioni che, seppur realmente esistenti, i nostri organi di senso non sono in grado di percepire. Talvolta piena di Luce ed Amore, talvolta cupa, misteriosa, tenebrosa e violenta, questa antologia di 33 fiabe racchiude tra le sue pagine la saggezza delle genti degli Fèrathim, degli Elfi, delle Fate, degli Uomini e degli Gnomi del Continente di Edelëas.

Printed in Great Britain
by Amazon

23090984R00065